RÉPERTOIRE
DU THÉATRE MODERNE

A LA

BAGUETTE

TABLEAU VILLAGEOIS EN UN ACTE

PAR

MM. H. CHIVOT ET A. DURU

Représenté pour la première fois, à Paris
sur le Théâtre des Bouffes-Parisiens, le 17 novembre 1867.

PARIS

E. DENTU, ÉDITEUR

LIBRAIRE DE LA SOCIÉTÉ DES GENS DE LETTRES

PALAIS-ROYAL, 17 ET 19, GALERIE D'ORLÉANS.

A

LA BAGUETTE

TABLEAU VILLAGEOIS EN UN ACTE

PAR

MM. H. CHIVOT ET A. DURU

Représenté pour la première fois, à Paris

sur le Théâtre des Bouffes-Parisiens, le 17 novembre 1867.

PARIS

E. DENTU, ÉDITEUR

LIBRAIRE DE LA SOCIÉTÉ DES GENS DE LETTRES

PALAIS-ROYAL, 17 ET 19, GALERIE D'ORLÉANS

—

1867

Tous droits réservés

PERSONNAGES

JULIEN, maréchal des logis de spahis. . . . . ⎱
JEAN BLAISOIS, paysan. . . . . ⎰ M. Garnier.
CATHERINE, jeune veuve, fermière. . . . . . Mlle H. Monnier.

S'adresser pour la musique à M. Romainville, chef d'orchestre du théâtre des Bouffes-Parisiens.

POISSY. — TYP. ET STÉR. DE A. BOURET.

A LA BAGUETTE

Le théâtre représente l'intérieur d'une ferme. — A droite, un escalier de meunier conduisant au grenier. — A gauche, au fond, une large fenêtre; au fond, un peu vers la droite, une porte donnant sur la campagne. — P orte à droite, au premier plan. — Table, chaises, bancs, etc.

SCÈNE PREMIÈRE

CATHERINE, à la porte du fond, parlant à la cantonade.

Allons donc! je ne crois pas à toutes vos histoires de revenant... (Ayant l'air d'écouter la réponse.) Hein? que je demande au père Michu... Pourquoi faire?.. il ne vaut pas mieux que vous, le père Michu... (Même jeu.) Quoi?... Je verrai bien... c'est bon, j'attends de pied ferme... Bonsoir!... (Fermant la porte.) A-t-on jamais vu ce vieux père Patouillet!... Ah! je peux dire que j'ai là un joli voisin... Lui et le père Michu qui demeure de l'autre côté, à eux d'eux ils font la paire... L'un cherche à me faire mourir avec ses contes de loup-garou et l'autre passe tout son temps à me voler mes pommes, mes poires et mes noix... et tout çà parce qu'il y a six mois j'ai acheté ce moulin dont ils avaient envie et dont ils cherchent maintenant à me dégoûter par tous les moyens possibles... pour me forcer à le vendre et s'en emparer... Ah! mais non!... ils n'y arriveront pas, et pour en finir j'ai pris un parti... ils trouveront bientôt à qui parler... Avant quinze jours je serai mariée... ou pour mieux dire remariée... (Regardant la pendule.) Sept heures... Eh! mon Dieu!... dépêchons-nous... Mon futur ne va pas tarder à arriver avec son père... Il s'agit de leur tourner la tête... Voyons... mon beau fichu... (S'admirant.) Mais oui... pas trop mal... ah!... et ma croix d'or et mon beau bracelet que j'oubliais... (Elle met ces deux objets.) Allons, madame Catherine, vous voilà sous les armes... vous pouvez attendre l'ennemi... (On frappe au dehors.) On frappe... ce sont eux... (Appelant à la porte de droite.) Jeannette, Jeannette, allez ouvrir... (Redescendant.) Ma robe fait-elle des plis ?... Non... C'est singulier, le cœur me bat... Allons donc!... pour une veuve, c'est ridicule!...

SCÈNE II

CATHERINE, JULIEN. Costume de maréchal des logis de spahis.

JULIEN, au fond.

Peut-on entrer ?... Oui... (Entrant.) Houp!... ça y est... Bonjour, cousine...

CATHERINE, poussant un cri.

Julien!...

JULIEN, la main au képi.

Présent!

CATHERINE.

Comment, c'est toi!...

JULIEN.

Moi-même, au grand complet... rien de cassé... tout le fourniment!..

CATHERINE.

Et tu arrives?...

JULIEN.

D'Afrique... directement... et à marche forcée...

CATHERINE, vivement.

Tu dois avoir besoin de prendre quelque chose?

JULIEN.

Ce n'est pas de refus...

CATHERINE.

Quelque chose de sec... comme qui dirait du rhum...

JULIEN.

Non... si vous le permettez, je préfère quelque chose de doux... comme qui dirait de vous embrasser...

CATHERINE.

Oh! ben volontiers... je n'y pensais plus...

JULIEN.

J'y pensais, moi... (L'embrassant.) C'est un velours... (S'essuyant les lèvres.) Peut-on s'en offrir une seconde tournée?...

CATHERINE, se reculant.

Comme tu y vas... nous avons bien le temps... Ah çà! sais-tu que je ne t'attendais guère... Comment se fait-il que tu arrives comme ça sans me prévenir?...

JULIEN.

Histoire de vous causer une surprise agréable... L'autre jour, à Mostaganem, je me suis dit: Julien, tu as reçu ton congé, prends tes cliques et tes claques, pars du pied gauche, double les étapes et tombe comme un obus dans le gourbi de la cousine Catherine... Gare là dessous, v'là l'obus qui éclate... (Changeant de ton.) Mais pardon; je crois que je ne vous ai pas embrassée... (Il veut l'embrasser.)

CATHERINE, le repoussant.

Mais si...

JULIEN.

Vous croyez?... Attendez, je vas faire un nœud à mon foulard pour m'en souvenir... (Il tire de sa poche un mouchoir à carreaux rouges auquel il fait un nœud.) Là... comme ça... il n'y a pas de danger...

CATHERINE, qui lui verse à boire.

En attendant, bois toujours ça... ça ne te fera pas de mal...

JULIEN.

Oh! oh!... c'est du pichenet du pays... (Après avoir bu.) Nom d'un sac, il est chenu!... j'en ferais volontiers mon ordinaire... Depuis sept ans, je n'en ai pas souvent bu de pareil...

CATHERINE.

Comment, il y a déjà sept ans?...

JULIEN.

Ne plus ne moins... c'était en 57... (Changeant de ton.) Mais pardon... il me semble que je ne vous ai pas embrassée... (Il veut
l'embrasser.)

CATHERINE.

Mais si... Ah çà, veux-tu finir !...

JULIEN.

Excusez... j'ai si peu de mémoire... je vas faire un nœud à
mon mouchoir... (Il tire de sa poche un mouchoir à carreaux bleus
auquel il fait un nœud.) Là... je vous disais donc qu'il y a sept ans
que je suis parti... même qu'en 58, nous étions à Mascara où
nous observions les Beni-Digdig, lorsque j'ai reçu votre lettre
qui m'annonçait votre mariage... Nom d'un sac ! ça m'a donné
un coup de tampon dans l'estomac...

CATHERINE.

Je comprends ça... quand on a été élevés ensemble...

JULIEN.

Allaités ensemble, sevrés ensemble... on se fait des petites
idées... Aussi lorsque, quatre ans plus tard, j'ai reçu votre seconde lettre qui m'annonçait le trépas de votre mari, j'en ai
dansé une sarabande... Oh mais ! une sarabande !...

CATHERINE, avec reproche.

Ah ! mon cousin...

JULIEN.

Dans ce pays-là, c'est signe de deuil... Une supposition,
vous êtes de deuil, vlan ! une sarabande... c'est l'usage...
(Changeant de ton.) Mais, pardon... il me semble que je ne vous
ai pas embrassée... (Il veut l'embrasser.)

CATHERINE, le repoussant.

Mais si, tu m'as embrassée... Consulte ton foulard...

JULIEN.

Mon foulard ?

CATHERINE.

Oui, tu as fait des nœuds...

JULIEN.

Des nœuds?... (Tirant de sa poche un mouchoir à carreaux jaunes.) Mais non, je n'en vois pas..

CATHERINE.

Ah! cousin!... vous trichez! ce n'est pas le même...

JULIEN.

C'est bien possible... J'ai la demi-douzaine... (A part.) Quatre fois six vingt-quatre, ça me donne de la marge... (Il fait un nœud et plie son mouchoir.) Madras du beau pays d'Afrique, patrie des chacals, des lions, du soleil et des chansons...

CATHERINE.

Des chansons... Mais, au fait, tu avais une assez jolie voix dans le temps et tu filais la romance...

JULIEN.

La voix, je l'ai toujours... mais la romance... Ah! fi... c'est du petit lait, c'est fadasse!... Parlez-moi de quelque chose qui ait du relief... comme qui dirait les aventures du Petit troupier de Bouffarick, qui était parti un soir pour la chasse au lion. (Ritournelle.) Attention!... (Marquant le pas.) Une, deux... une, deux!... Il arrive dans le désert... tout à coup.

Air *nouveau* de M. Frédéric Barbier.

I

Dans la nuit sombre un' voix lui dit :
Bonjour, petit bijou de France!...
C'était la femme d'un cadi
Qui voulait fair' sa connaissance...
Asseyons-nous, qu'il lui répond,
Sur cett' butt' que je vois à peine...
Ils s'assey'nt... sur quoi?... sur un lion
Qui faisait là sa méridienne!...

Patapon, pon, pon!
Et ron, lonlanla!
Cric! crac!
Oh! pour toi j'ai le trac!
Crac! cric!

P'tit troupier plein de chic !
Cric ! crac !
L'animal dans ton sac !...
Crac ! cric !
Reviens à Bouffarick !
Rick !

II

L' troupier s'en aperçoit... Cristi !
Il s'empar' de sa carabine,
Ajuste le lion et lui dit :
Fich' moi l' camp ou je t'assassine !...
L'animal tout à coup bondit
Et j'tant sa peau, crie avec âme :
Ne lâch' pas l' chien, je suis l' cadi,
Laiss' moi la vie... et prends ma femme !...

Patapon, pon, pon !
Et ron, lonlanla !
Cric ! crac !
Pour toi je n'ai plus l' trac...
Crac ! cric !
P'tit troupier plein de chic...
Cric ! crac !
La belle sur ton sac...
Crac ! cric !
Revient à Bouffarick !
Rick !

CATHERINE.

Toujours gai et bon enfant... T'as pas changé...

JULIEN.

Changé !... jamais !

CATHERINE.

Ça me fait plaisir de t'entendre rire et chanter. . Je n'y suis plus habituée.

JULIEN, avec un embarras comique.

Il dépend de vous que ce plaisir-là dure toujours...

CATHERINE, vivement.

Comment ça?

JULIEN.

Je veux dire que... (S'arrêtant.) Allons bon! c'est y bête...
V'là la langue qui refuse le service... (Tapant sur la table.) Va
donc! imbécile!...

CATHERINE.

Pas si fort...

JULIEN.

Faites pas attention... La première fois qu'on va au feu,
c'est toujours comme ça... Je voulais donc vous dire, ma
cousine, que maintenant que vous voilà veuve, je... je...
(S'arrêtant.) V'là qu'elle tournaille encore! Ah çà, vas-tu mar-
cher?... (Frappant sur la table.) Propre à rien!

CATHERINE.

Pas si fort donc!... Expliquez-vous tranquillement.

JULIEN.

Tranquillement... Vous en parlez bien à votre aise... Vous
croyez que je peux vous dire, comme ça, tranquillement, que
je vous aime et que je viens pour vous épouser... (Très-étonné.)
Tiens! je l'ai dit tout de même... Je savais bien qu'elle fini-
rait par monter à l'assaut... Eh bien, vous ne répondez pas...

CATHERINE, embarrassée.

Dam! c'est difficile...

JULIEN.

Difficile?

CATHERINE.

J'ai peur de te faire de la peine...

JULIEN.

Compris... Je ne vous plais pas...

CATHERINE.

Mais si, t'es ben gentil, tu ne me déplais pas du tout... Mais
t'épouser, jamais!... attendu que je me suis fait une promesse
et que je me la tiendrai.

JULIEN,

Quelle promesse?...

CATHERINE.

V'là ce que c'est... Tu n'as pas connu mon mari... Il est défunt, je le respecte, mais je peux dire qu'il m'a fait faire quatre ans de purgatoire... Si tu savais, un homme violent et brutal qui criait toujours... Venez ici!... allez là!... Pas moyen de broncher avec lui, il fallait obéir comme un petit caniche... ou sans ça... (Levant la main.) Dame!...

JULIEN.

Nom d'un sac, si j'avais su ça... je...

CATHERINE.

Aussi, je me suis promis que si jamais je me remariais, je n'épouserais qu'un garçon ben doux, ben timide... qui fera toutes mes volontés... et que je pourrai à mon tour mener... (Faisant le geste de cingler.) à la baguette.

JULIEN, se désignant.

Eh bien, le v'là!... le garçon ben doux... ben timide [et vous pourrez, tant que vous voudrez, me conduire... (Répétant le même geste.) à la baguette.

CATHERINE.

Toi!... Je te connais, tu as ton petit caractère... Tu dis cela maintenant pour m'enjôler, et puis quand ça sera fait, tu changeras de ton... Je connais ça, j'y ai été prise...

JULIEN.

Mais pourtant...

CATHERINE.

Tu voudras être le maître...

JULIEN, se montant peu à peu.

Jamais !

CATHERINE.

Tu te mettras en colère ..

JULIEN, de même.

Jamais !

CATHERINE.

Et tu taperas sur les meubles...

JULIEN, tapant de toutes ses forces sur la table.

Jamais, nom d'un sac, jamais!

CATHERINE, vivement.

Tiens, tu vois bien, c'est plus fort que toi...

JULIEN.

Et vous croyez que vous trouverez un homme qui restera
toujours calme...

CATHERINE.

Je le crois si bien, qu'il est tout trouvé...

JULIEN.

Comment?

CATHERINE.

Oui, le fils d'un fermier des environs, M. Jean Blaisois, connu
à dix lieues à la ronde pour la douceur de son caractère...

JULIEN.

Une poule mouillée, quoi! Eh bien, ce doit être un drôle de
particulier que ce bédouin-là... Je voudrais bien voir quelle
frimousse il a!...

CATHERINE.

Je ne peux pas te dire... Je ne le connais pas encore... Mais
je l'attends avec son père... et je te dirai même qu'il ne serait
peut-être pas convenable qu'ils te trouvent ici...

JULIEN, suffoqué.

Suffit... compris... Vous m'invitez à filer... (Catherine fait un
mouvement.) C'est bon... puisque vous aimez les poules mouil-
lées, faites votre bonheur... c'est pas moi qui vous en empê-
cherai... (Étouffant.) Adieu!... ma cousine... Adieu !

CATHERINE.

Julien... je...

JULIEN, au fond.

Non, non... allez... allez... Épousez-le... Soyez heureuse...
Mais qu'il ne paraisse jamais devant moi, ou je le démolis...
Adieu, ma cousine, adieu!... (Il sort rapidement par le fond.)

SCÈNE III

CATHERINE.

Pauvre garçon... il s'en va désolé... Mais je n'y puis rien...
Ce n'est pas ma faute s'il m'aime... Moi, de mon côté, je le

trouve très-gentil... gai comme un pinson... et puis un militaire, c'est flatteur pour une veuve... Eh bien, oui ; mais ça a l'habitude du commandement... portez armes, présentez... Il faudrait recommencer à obéir... Non, non, décidément ça ne me va pas... J'en ai trop enduré avec mon premier. M. Jean Blaisois fera bien mieux mon affaire, et si le portrait qu'on m'a fait de lui est exact, j'aurai là la crème des maris... Il payera pour l'autre... Je pourrai prendre ma revanche et porter les culottes à mon tour.. Jarnidienne ! comme je m'en vais me rattraper !...

Air nouveau de M. Romainville.

I

Je n' veux plus m' donner aucun mal
Et je vais prendre ma revanche.
Pour commencer je veux au bal
Aller danser chaque dimanche !
    Oui, je danserai,
    Oui, je sauterai
    Et je tournerai,
      Valserai,
      Polkerai,
Et mon époux simple et docile
Dans un petit coin bien tranquille
    Sera là
    Qui me regardera !
Ah ! ah ! ah ! ah !... le joli ménage
    Que ça fera !
Ah ! ah ! ah ! ah !... dans le village,
    Chacun dira :
Qu'ils sont donc heureux ces gens-là !...

II

Mon mari f'ra tous les travaux,
C'est lui qu'aura tout's les corvées ;
A porter les plus lourds fardeaux
Il passera tout's ses journées !

C'est lui qui mont'ra,
Qui redescendra,
Qui travaillera,
   Piochera,
   Bûchera,

Et moi, sans me faire de bile,
Dans un petit coin bien tranquille
   Je me mettrai
   Et le regarderai !
Ah ! ah ! ah ! ah !... le joli ménage
   Que ça fera !
Ah ! ah ! ah ! ah !... dans le village,
   Chacun dira :
Qu'ils sont donc heureux ces gens-là !

Allons, c'est décidé... Je choisis Jean Blaisois... (On entend frapper au dehors.) On frappe... cette fois ça doit être lui... Rien qu'à sa manière de cogner je l'ai reconnu... Comme c'est discret... Toc ! toc ! toc !... C'est pas comme mon premier quand il frappait... (Très-fort.) Bigne ! bagne ! vli ! vlan !... (Regardant au dehors.) Jeannette est allée ouvrir... Attention !... et tâchons que le papa me trouve bien aussi... (On entend aboyer un chien.) Turc ! Turc !... Vas-tu te taire, maudit chien !...

SCÈNE IV

CATHERINE, BLAISOIS.

BLAISOIS, un panier sous le bras.

A la garde !... Au secours !... Vas-tu finir, vilaine bête !...
    CATHERINE.
N'ayez pas peur, il est muselé...
    BLAISOIS.
C'est différent... je ne le crains plus... (Se retournant, à la cantonnade.) Tu ne disais pas que tu étais muselé, animal ! (Changeant de ton.) Bien le bonjour, madame !...,

CATHERINE, affectant de grands airs.

A qui ai-je l'honneur ?...

BLAISOIS.

Q'n'y a pas d'honneur.. q'n'y a pas d'honneur... J'suis Jean Blaisois... le fieu à papa...

CATHERINE, vivement.

Je croyais que monsieur votre père devait vous accompagner.

BLAISOIS.

C'est un fait... il le devait... pauvre papa!... (Changeant de ton et regardant au dehors.) Si j'avais su qu'il soit muselé... (Faisant le geste de donner un coup de pied.) Je lui revaudrai ça... (Reprenant.) V'là ce que c'est, mame Catherine; faut vous dire que papa s'a procuré un lombago en rentrant les avoines... Alors il m'a dit comme ça : Je devais te conduire chez ta promise... mais j'ai trop mal aux reins... Vas-y tout seul...

CATHERINE.

Oh!... ce pauvre M. Blaisois!...

BLAISOIS.

Moi, je voulais pas venir... Alors papa m'a dit : Faut que tu y ailles... parce que, voyez-vous, il est entêté... entêté... à cause de son lombago...

CATHERINE.

Vous avez bien fait de ne pas le contrarier...

BLAISOIS.

Et puis il m'a dit : Si tu n'y vas pas je te casse ma canne sur le dos... Ça m'a décidé et me v'là...

CATHERINE.

C'est tout à fait aimable... Posez donc votre panier...

BLAISOIS.

J'vas vous dire... C'est une volaille que je vous apporte... avec trois bondons et un cent de noix... Papa m'a dit : Quand on se présente pour épouser faut faire des cadeaux, c'est l'u-sage... A Paris, on appelle ça une corbeille de mariage... moi c'est pas une corbeille... c'est un panier de mariage!

CATHERINE, portant le panier au fond.

Grand merci, monsieur Blaisois...

BLAISOIS.

Faut pas me remercier... Je voulais pas l'emporter parce
que c'est lourd... mais papa m'a dit : Tu le porteras ou je te
casse ma canne... Alors ça m'a décidé...

CATHERINE.

Allons, c'est tout à fait galant... (A part.) Quel nigaud !... Si
je ne suis pas la maîtresse avec celui-là, je n'aurai pas de
chance... (Haut.) J'avais fait préparer un souper pour vous et
votre père, mais ça ne fait rien, nous le mangerons ensemble...

BLAISOIS.

C'est ça... je veux bien...

CATHERINE, regardant au dehors.

Hein ? Qu'est-ce que je vois là-bas?.,. (Elle va à la fenêtre.)

BLAISOIS.

Qu'est-ce que vous voyez ?

CATHERINE.

C'est encore le père Michu qui rôdaille autour de ma haie.

BLAISOIS.

Bah ! laissez-le rôdailler...

CATHERINE.

Oui, c'est bientôt dit... Vous ne savez donc pas... Sitôt
que j'ai le dos tourné, il entre dans mon verger et me vole
tous mes fruits... Heureusement que dans quelque temps il y
aura un homme ici...

BLAISOIS, étonné.

Un homme !... Quel homme ?

CATHERINE.

Vous, pardine !

BLAISOIS.

Moi?... Au fait, c'est vrai... Seulement, j' vas vous dire..
faut pas trop compter sur moi... parce que les querelles...
j'en suis pas... mon naturel s'y oppose...

Air *nouveau* de M. Romainville.

I

À Buzigny, près le Cateau,
Qu'est le pays de ma naissance,
Chacun sait ben que pour ma peau,
Je tremble depuis mon enfance !
J'ai peur de l'eau, j'ai peur du feu,
J'ai peur qu'on me cherche querelle,
J'ai peur d' m'enrhumer quand il pleut,
J'ai peur de glisser quand il gèle !...
Car j'en fais mon meâ culpâ,
Je suis poltron, c'est ma nature,
C'est pas d' ma faute, je vous jure,
   C'est d' la faute à papa !
     A papa !
Ah ! oui, c'est d' la faute à papa !

II

Cependant je suis gros et gras,
Ça ne sert à rien, le courage ;
Moi je prends mes quatre repas
Sans me tourmenter davantage !
Ce qu'il me faut, c'est d' vivre en paix,
Aussi comm' j'ai peur de l'orage,
Vous serez ben sûr' que jamais
Y n'y en aura dans not' ménage !
Car j'en fais mon meâ culpâ,
Je suis poltron, c'est ma nature,
C'est pas d' ma faute, je vous jure,
   C'est d' la faute à papa !
     A papa !
Ah ! oui, c'est d' la faute à papa !

Mais, du reste, mame Catherine, s'agit pas de tout ça... faut
que je vous fasse ma cour...

CATHERINE.

Ah ! ah !..,

BLAISOIS.

Oui... faut que j' vous la fasse... p'pa m'a dit : Tu feras ta cour... j'ai trop mal aux reins, j' peux pas aller avec toi... mais ça ne fait rien; vas faire ta cour... Alors j'ai dit à p'pa : Vous me donnez toujours des fichues commissions... Est-ce que je sais comment que ça se joue?...

CATHERINE, vexée.

Sans doute... Vous manquez d'usage...

BLAISOIS.

J'en manque totalement... Alors p'pa m'a dit : C'est la moindre des choses... D'abord, qu'y m'a dit : Mame Catherine a l'habitude... C'est une veuve... de bon conseil... all' t'aidera si t'es embarrassé...

CATHERINE, à part.

Ah! mais il est trop bête...

BLAISOIS.

Tu commenceras toujours, qu'y m'a dit, par lui prendre la main... en douceur... (Cherchant à lui prendre la main.) Voulez-vous que j'essaye?...

CATHERINE, lui donnant sa main.

Essayez, monsieur Blaisois...

BLAISOIS.

Tu la serreras... toujours en douceur... en lui disant... (Regardant la main de Catherine et écarquillant les yeux.) Mazette ! mame Catherine, vous avez là un joli bracelet!...

CATHERINE.

N'est-ce pas?... et auquel je tiens comme à la prunelle de mes yeux...

BLAISOIS.

J' crois ben... c'est de l'or... c'est de l'or... (Le lui retirant.) Laissez voir un brin... (Près de la fenêtre.) Cristi! comme ça brille!... (Laissant échapper le bracelet et poussant un cri.) Ah ! bon!..

CATHERINE , désolée.

Dans la rivière... mon beau bracelet!... Courez vite, M. Blaisois.

BLAISOIS.

Pour me noyer... merci ben... la santé avant tout...

CATHERINE.

Il n'y a que trois pieds d'eau...

BLAISOIS.

Trois pieds d'eau... pour m'humider les jambes et attraper un bon rhume... merci ben... la santé avant tout !

CATHERINE, à la fenêtre, poussant un cri.

Ah !...

BLAISOIS, sautant.

Quoi qu'y a encore ?

CATHERINE.

Michu... le père Michu... là-bas, dans mon verger... il vole mes poires... Monsieur Blaisois, courez vite l'en empêcher...

BLAISOIS.

L'en empêcher... permettez... s'il me flanque un coup de poing...

CATHERINE.

Allez donc... allez donc... il va tout emporter...

BLAISOIS.

Ma fine, tant pis... ça n'est point mon affaire... une dispute, une batterie... non, non... j'en suis pas... Papa m'a dit : Fais ta cour, c'est déjà ben assez fatiguant... Quant au reste, ça ne me regarde point, ça ne me regarde point...

CATHERINE, outrée.

Oh ! c'est trop fort... Eh bien, alors, j'y vais moi-même... (Elle sort par le fond en courant.)

SCÈNE V

BLAISOIS, au fond, reprenant la voix et le ton de Julien.

Ah ! ah ! ah !... cette pauvre cousine... (Descendant.) V'là-t-il pas que tout à l'heure en sortant d'ici je rencontre M. Blaisois... Nom d'un sac ! j'ai eu envie de le... (Il lève le bras.) Mais non, il m'est poussé une autre idée, je lui ai insinué que Catherine était malade et qu'il repasse un autre jour... J'ai endossé mes frusques d'autrefois et je suis venu donner à ma cousine un échantillon du particulier... Ah! elle voulait une poule mouillée... eh bien, je crois qu'elle doit être contente... Quant à son bracelet... (Le tirant de sa poche.) il est tout repêché... (Regardant.) Hein?... qu'est-ce que je vois donc là-bas? un homme qui grimpe dans le grenier par une échelle... Eh mais!... c'est le père Patouillet... je le reconnais... Pourquoi diable s'introduit-il ici en profitant de l'obscurité?.. (Quittant la fenêtre.) Je le saurai. (Apercevant Catherine qui revient.) Catherine... attention!... et continuons mon rôle... (La nuit est venue peu à peu.)

SCÈNE VI

BLAISOIS, CATHERINE.

CATHERINE, rentrant.

Le vieux Michu s'est enfui en m'apercevant... ah! si j'avais été un homme, je l'aurais poursuivi jusque chez lui...

BLAISOIS, assis à gauche.

Pour recevoir quelques taloches... vous avez ben fait de pas y aller...

CATHERINE, avec une colère concentrée.

Vous ne vous émouvez de rien, à ce que je vois...

BLAISOIS.

Je ne m'émouve jamais... la santé avant tout... A propos de ça, mame Catherine, je ne vous cacherai pas que j'ai l'estomac dans les talons et que si nous soupions un brin...

CATHERINE.

Oui, c'est une idée... je vas allumer la chandelle. (Tout en allumant.) Joli mari que j'aurai là...

BLAISOIS, mettant la table.

Moi, je vas vous aider... parce que pour ce qui est de la mangeaille, je suis solide, voyez-vous!

CATHERINE, pendant que Blaisois met le couvert.

Oui?... (A part.) Eh bien, si tu goûtes à mon souper, toi, c'est

que tu auras diablement faim... Attends, attends, je vais te
régaler des histoires dont on me farcit les oreilles...

BLAISOIS.

Là... voilà le couvert mis...

CATHERINE, posant sa bougie sur la table et s'asseyant.

A table, monsieur Blaisois...

BLAISOIS.

A table!... (Il s'assied.) Ça réjouit le cœur de voir toutes ces
bonnes choses-là.... (Versant à boire.) A votre santé, mame Catherine... (Il boit.)

CATHERINE, buvant.

A la vôtre... et mettez-vous plus près de moi parce que
comme ça, j'aurais moins peur...

BLAISOIS, la bouche pleine.

Moins peur... et de quoi donc que vous avez peur?

CATHERINE, avec mystère.

Vous ne savez donc pas?...

BLAISOIS.

Je sais rien du tout...

CATHERINE, même jeu.

L'histoire qui court sur ce vieux moulin... il paraît qu'il y
a un revenant...

RLAISOIS, s'étranglant.

Un revenant!... pas de bêtises... vous allez me faire avaler
de travers...

CATHERINE.

N'ayez pas peur, nous sommes deux!... (A part.) Le voilà
déjà tout tremblant... (Haut.) J'vas vous raconter ça... c'est à
faire frissonner un capitaine de pompiers... Mangez donc... Faut
donc vous dire que l'ancien propriétaire de ce moulin était
un grand chasseur... et on prétend que depuis qu'il est défunt
son fantôme revient tous les ans, avec un bruit épouvantable,
sonner du cor dans le grenier qui est au-dessus... et ça le
jour de la Saint-Martin... à dix heures... Mais vous ne mangez
pas, monsieur Blaisois...

BLAISOIS, balbutiant.

La Saint-Martin... mais c'est aujourd'hui...

CATHERINE.

Oui... et voilà précisément dix heures qui sonnent... (Riant.) Ah! ah! ah! mais ne tremblez donc pas comme ça...

BLAISOIS.

Ne riez pas, mame Catherine, ne riez pas!... il me semble que j'entends soupirer là-haut... (L'horloge cesse de sonner, on entend un miaulement plaintif.) Entendez-vous?

CATHERINE, cessant de rire.

Hein?... qu'est-ce que ça veut dire? (A part.) Est-ce que j'aurais dit vrai...

BLAISOIS.

On marche là haut... (Bruit de vaisselle cassée et de casseroles. Grand Dieu ! c'est fait de nous!...

CATHERINE, tremblante.

Voilà que j'ai peur à mon tour... (Courant à Blaisois.) Protégez-moi... ne me quittez pas... (On entend sonner du cor.)

BLAISOIS, tombant à genoux.

Saint Nicolas, mon patron... ayez pitié de moi!

AIR *nouveau* de M. Romainville.

ENSEMBLE, avec accompagnement de miaulements et de cor de chasse.

La-frayeur m'empoigne,
Grand Saint-Nicolas,
Faites qu'il s'éloigne
Et ne revienn' pas!

(Tapage épouvantable, cor de chasse, vaisselle et casseroles.)

CATHERINE, tombant sur une chaise et se cachant la tête dans ses mains.

Je suis morte! bonté divine!

BLAISOIS.

Adieu!... bonsoir!... je reviendrai un autre jour... (Il s'enfuit à toutes jambes par le fond.)

SCÈNE VII

CATHERINE, seule. Après un moment de silence, elle relève la tête.

Il me semble que je n'entends plus rien...(Appelant.)Monsieur Blaisois... (Regardant autour d'elle) Personne... Comment, il est parti... il m'a laissée seule... Oh ! le poltron! le lâche! Eh bien, j'aurai là un joli mari... qui ne saura même pas me protéger... Mon Dieu! si le revenant allait descendre...Oh! j'ai eu tort de renvoyer Julien... c'est un brave cœur, lui... qui ne m'aurait pas abandonnée... (On entend un grand bruit dans le grenier.) Misé-ricorde! voilà que ça recommence... (La porte du grenier s'ouvre violemment.) Ah! mon Dieu... (Un homme enveloppé d'une grosse cou-verture paraît au haut de l'escalier.) Le revenant!... le revenant!... Ah! (Elle tombe anéantie sur un fauteuil.)

SCÈNE VIII

CATHERINE, JULIEN.

JULIEN, en haut de l'escalier.
Dégommé, le vieux bédouin !... (Descendant et s'approchant de Catherine après s'être débarrassé de sa couverture.) Coucou!... c'est moi!
CATHERINE, stupéfaite.
Julien!... comment se fait-il ?
JULIEN, sous son costume de spahis.
Voilà la chose... primo... votre bracelet... (Le lui donnant.) que je vous rapporte...
CATHERINE, enchantée.
Mon bracelet...
JULIEN.
Deuxio... J'aperçois le père Patouillet qui grimpait dans votre grenier... Je flaire du mic-mac... Je grimpe aussi et je

trouve mon bonhomme qui sonnait du cor et faisait un vacarme d'enfer... cette couverture sur le dos... Je lui tombe sur le casaquin, je le flanque à la porte par la fenêtre, et me v'là, nom d'un sac!

CATHERINE, l'admirant.

Nom d'un sac!... Sais-tu que t'es un fier gars, toi!...

JULIEN.

Bon! ça m'a distrait un moment... (Roulant son képi entre ses doigts.) Et maintenant, maintenant... (Avec effort.) Adieu, cousine...

CATHERINE, effrayée.

Tu t'en vas...

JULIEN.

Sans doute... vous n'avez plus besoin de moi... je vous gênerais... Par ainsi... en route, mon garçon... Adieu, cousine... soyez heureuse...

CATHERINE, vivement.

Non... non, Julien... tu ne partiras... tu resteras ici...

JULIEN.

Ici... et en qualité de quoi?

CATHERINE, avec abandon.

En qualité de mari... Voici ma main... la veux-tu?

JULIEN, la saisissant.

Si je la veux!... Comment, vous consentez?...

CATHERINE.

Oui, j'ai réfléchi, je renonce à épouser une poule mouillée... et à tout prendre j'aime encore mieux un mari qui me mène... à la baguette...

JULIEN, l'embrassant.

Enlevé!...

AIR *de la Ronde.*

JULIEN.

De mon courage, en ce beau jour,
C'est un doux fruit que je recueille,
Et pourtant voici qu'à mon tour
Je suis tremblant comme une feuille...

CATHERINE, au public.
Ah ! messieurs, de vous aujourd'hui
C'est un peu d'aid' que je réclame ;
Encouragez mon p'tit mari...
Afin qu'il protége sa femme !

JULIEN.

Patapon, pon, pon !

CATHERINE.

Et lonla lonla !

JULIEN.

Cric ! crac !
Ah ! pour nous j'ai le trac !

CATHERINE.

Crac ! cric !
Que ce soir le public...

JULIEN.

Cric ! crac !
Indulgent pour nos couacs...

CATHERINE et JULIEN.

Crac ! cric !
Ne nous fasse pas : Gouic
Couic !...

POISSY. — TYP. ET STÉR. DE AUG. BOURET

www.ingramcontent.com/pod-product-compliance
Ingram Content Group UK Ltd.
Pitfield, Milton Keynes, MK11 3LW, UK
UKHW022332170726
13837UKWH00005BA/2232